麦踏みの人生

青住綾子

武人の札幌表

下母澤寛

はじめに

皆さん、私の人生は、どんなに言葉を重ねたとしても、表現しきれないほど、やりきれないものでした。今まで私達に降りかかった災難を本に書いても、書いても、語り尽くませせん。それほどの人生なのです。

この年になって、生まれてきた時と同じ裸一貫になり、本当に自分の周りに残ったのは、この体だけでした。明日という日が、来なければよいと、神に祈る毎日でした。

しかし、踏まれても、踏まれても、春を夢見て力強く真っ直ぐに伸びる麦のように生きてきました。そして、私達も麦踏みと同じように、踏まれた分だけ強くなっていったのです。

この本を読んで下さる方のなかにも、私のような人達が沢山いると思います。

どうか、頑張って下さい。

麦踏みの人生

（一）

あれは、一九七五年一月十九日の朝の出来事でした。

そのときから、私達の生活、人生は見事に崩れ落ちました。

主人は小さいながらも、下請会社を経営しており、何とか頑張っていました。

親会社が倒産するとの話を聞き、主人はもう駄目だと思い「俺は今、何を頭に描いていいかわからない」と叫びながら、自分の頭を殴っては殴っては、やり場のない憤りを自分にぶつけていました。そうして、不甲斐ない自分に鞭打ちながらも、会社には出勤して行きました。私は主人がどうにかなるのかと、このとき、えもいわれぬ胸騒ぎがしました。

まもなく、電話が鳴り、予感が的中。恐る恐る電話に出ると、主人が「誰かが俺達を殺しに来るから、今日は一歩も外には出るな。子供達も学校から、帰ったら外には出るな。カギをよく締めておけ」と叫び、私も何が何んだかわからないうち、「ハイ」

と答え、その返事で電話が切れました。

また、一時間もしないうちに電話が鳴り、今度は親会社の従業員から、

「奥さん。落ちついて聞いてよ」

「はい、大丈夫です」と答える。

従業員の方があせっていて、

「何か、主人にあったのでしょうか」と聞くと、
またもや、「奥さん、よく聞いてよ」と同じ事を何回もくり返す。

「私大丈夫です」

電話の向こうでは、何か慌ただしい気配がよく聞こえてくる。

「今、旦那が警察に捕まって、警察署にいるから、すぐに来るように」と話されました。


詳しい事情はさておき、これを聞いて、私は手の先から足の先まで、全身がガタガタ震えながらも、すぐに姉のところに電話を掛けようとしたのですが、ダイヤルが思うように回りません。私がしっかりしなくてはと思い、各自に連絡を取りました。

各々、会社に集まり、主人が警察に捕まった一件の詳しい説明を聞き、それは信じ

られない出来事でした。人の命にかかわる事件で、一時間のうちに六人の人を傷付けてしまったのです。一人は命に危ない状態。一人は妊婦さんで、八ケ月の大事な体の奥様。一人はタクシーの運転士さん。一人は会社の従業員。一人は下請会社の従業員。一人は下請会社の社長さん。あわせて六人の人を傷付けてしまったのです。話を聞いた時は、信じられませんでした。

私は深く頭を下げ、さらに会社の人に土下座し、涙が出る余裕もなかったです。会社の嵐さんが、色々と段取りをして下さり、そして、急いで警察署に駆けつけました。

警察署に入った瞬間、極度の緊張のあまり、自分の目の前が真っ暗になり、そして、暗闇の中に何十人の目、目ばかりで、声だけしか聞こえません。私も顔の表情がグチャグチャになっていました。

係員の一人が近付き、声を掛けてきて、

「貴女が奥さん」

「ハイ」と答えるのが精一杯でした。

「これから、調書をとるから、こちらに」

イスを出されても、震えが先で、イスにすわる事ができないありさまでした。

　すると、向こうから紐で腰を縛られ、手には手錠を掛けられ、歩いて行く姿をはっきり見せられ、あれが主人かと信じられませんでした。

「さて奥さん、色々と聞きますが、よく思い出して、今までの事をすべて話して下さい」と私が警察の尋問を受けました。

　取り調べは、朝からの行動を何回も、何回も、五時間がかりで調べられました。同じ事を繰り返し、何十回と言っているうちに、自分でも何を話したか、わからないくらいでした。

　もう何度も聞かないでよと思いましたが、その時、事件に巻こまれてしまった人達とその家族の顔、子供達、親の顔が目に浮かび、胸が締め付けられそうになりました。そうだ、ここで私がしっかりしなくては、私が頑張らなくては、他に誰がしてくれるかと思い唇を噛みしめ、出る涙を堪え、涙を流す時間もない。命にかかわる傷を負われた方達に、一刻も早く詫びなければと思いつつ、しかし、まだまだ取り調べが続きます。

　思い余って、警察の人に謝罪しなければならない事情を話し、やっと取調室から出られました。

今度は、急いで病院に行き、焦るばかりでした。重傷を負った方の部屋に着いた時は、部屋には家族の人や親族の人でいっぱいになっており、自分はどうする事もできませんでした。ただただ「神様、命を助けて下さい」と心に祈る事しかできませんでした。せめて、私の命と取り換えられたらと祈る。会社の人に聞けば、今は時間の問題なのだそうです。なぜ、どうしてと叫びたい気持ちで一瞬目の前が真っ暗になりました。

やっと、家族の人達に詫びるきっかけができ、ただ親族の方に土下座して、詫びるだけでした。でも皆様は許して下さるはずはない。

「貴女が奥さんか、もし、死んだら、どうしてくれるんだよ」と叫ぶ声。

ただただ、私は土下座で、顔を上げる事さえできません。

「顔も見たくない。帰れ、帰れ」の声だけ。

土下座をしたまま、後いざりのまま、立つにも立てない。苦しい。情けない。床を殴りつけて、殴りつけながらも「どうか神様、命を助けて下さい」と何回も何回も祈るだけです。

そのうち、会社の方が報告に来られ、「今、命を引き取りました」と肩を落して話をしてくれて、私も全身の力が抜けて声も出ません。主人の兄も「やっぱりだめか」の言葉しか出ません。しかし、亡くなったお奥や子供の気持ちを思うと胸が焼きつくようでした。

やっとの思いで、家に帰ったのは夜中で、私の親戚や、主人の親戚の方がみんな心配で、駆けつけて来て下さり、ただただ頭が下るばかりでした。詳しい事情説明を済ませ、子供と母の顔を見上げた途端に涙が止らなくなりました。

母が一言「これからは泣いてはいられない。今ここで、一人部屋に行って、思う存分、涙が出なくなるまで、泣いてきなさい」。

それから、一人で泣いて泣いて、涙が出なくなるまで泣きました。鼻と汗と涙で顔がグチャグチャになり、しかし、亡くなった方の家族の姿、姿が目に焼きついて離れません。

自分の涙とともに私の子供達の事も考え、気を取り戻し、二人の子供にも、よく聞くんだよと、何回も何回も繰り返し、説明を聞かせました。二人の子供も、「うん」と返事をしながらも、ただ、泣くだけ、今が一番大事な時の、兄が小学校三年生、妹が小学校二年生。一番色々な事を知りたがる時でした。もう、テレビ、ラジオ等で報道されていたので、新聞にも出てているだろうと覚悟はしていましたが、ただ、子供達に、何となく見られてはいけないと、隠しておきました。いつもの顔とは、やっぱり違う。でも頑張って、学校には行きました。

兄ちゃんの方は、私に気遣いし、色々と学校での事を話してくれたり、でも目には涙が浮かんでいて、私には胸が痛いほどわかります。妹の方は帰ってくるなり「お母さん。今日の新聞は、新聞は」と何回も責められましたが、「どうしたの」と聞くと、学校で生徒達に「お前のお父さんはなっ」とみんなに言われ、家に帰るより早く、新聞を探して見ていました。気性の強い妹は、私が説明しただけでは納得いかなかったのでしょう。「お父さんのばかやろう、お父さんのばかやろう」と小さな心を二階の階段に足を蹴りながら、怒りをぶつけていました。私もその姿を見ながら、私に怒りを打ちたいが、きっと我慢していたんでしょう。そのうち、疲れ果て、私の胸に二人で泣きついて来ました。

二人をしっかり抱きしめ、三人で色々な事を話しながら、これからの生活を考えましたが、でも、自分の子供達より、亡くなられた方の子供達を考えました。これから、子供を背負って、生活をしなければならない。できる限り、自分の子供より、亡くなられた子供達をどうにかしたい。相手の方はアパート住まいだったし、大変さが痛いほどわかります。幸い私には家がありましたので、私にできる事は、ただ家を売るくらいでした。何とかしなければと、財産を全部、相手の弁護士さんに渡しましたが、でも、それだけでも償いきれません。心で、供養しますと、自分に誓いました。

その日のうちに、まだまだ、お見舞いに行かなければならない人が大勢待っています。毎日毎日、これから先の事を話し合いながら、一人、一人に頭を下げ病院を駆け回っていました。

その一人である妊婦さんも、無事に生れるまでは、許してもらえません。毎日、毎日、「今日は体の方は、大丈夫ですか」とうかがい、謝るしかありません。「神様、どうか赤ちゃんも、お母さんも無事でありますように。元気な赤ちゃんが生れますように」と祈り続けました。そして、他の傷を負っている皆様にも、毎日、毎日、お見舞いと謝罪に通いました。

こうした皆様の痛みを思いながらも、現実は待ってはくれません。今度は、会社の倒産の話です。会社の事は、何もわからないので、親会社の説明など、大変な毎日でした。会社の後始末も私がする事になってしまったのです。一緒に、働いてた主人の弟を頼り、力になってもらおうと思っていたところでした。

しかし、義弟までが駄目になってしまいました。毎日の警察署での取り調べで、疲れ果てノイローゼにかかってしまい、訳のわからない事ばかり、口ばしるようになっていました。そして、病院に行きましたが、その日は、少し良くなったと思い、家に帰り少し安心していた矢先のこと。

明くる朝早く、義弟の子供から電話が鳴り、どうしたのと聞くと、

「お父さんが、大変なんです、急いで」

私も、自転車で行きましたが、私が義弟の姿を見るなり、一瞬、言葉を失いました。お風呂場で、四つんばいになり、ただ唸っていました。手首を切り、腹を切り、腹の中の内臓がみんな出てしまい、お風呂場に、口では言えないものが、いっぱい垂れ下って、血が川のようになっており、信じられないくらいの光景でした。ただ、「頑張って、頑張って」という言葉しかない。

そのうちに救急車が来ましたが、救急車の方もその惨状に驚いていて、手のつけようがない状態なので、担架で運ぶにも、寝かせられません。腑がぶらさがっているし、それも、洗面器一杯ぐらいの大きさです。仕方なく、内臓をバスタオルで押さえて、担

架に乗せ、病院に行くのにも、私がバスタオルで押さえつけた内臓をしっかり持ち、生きた心地ではいられないくらいでした。

ただただ、「神様、助けて下さい」と祈るだけ。病院に着き、このままでは、動かす事ができませんので、ともかく、仰向けに寝かせました。そのとき、首にも包丁で切ってあったのです。首を上げた途端、私はさすが腰が抜けガタガタ震えるだけです。脈まで一歩手前で、あと一センチ傷が深かったら、駄目だったそうです。首を上げたとき、血が出てなくて真白な骨だけが見えて、半分割れていました。

私は弟の子供と肩を抱き合いながら、廊下に腰がヘトヘトと砕けて、立つ力もなくなり、少しの間、なぜ、どうして、ばかな事をしたんだと思い、「本当なら少しでも私に力を貸してほしかったのに」と神に祈りながら、信じるほかはありませんでした。「神様どうか、助けて下さい。なぜこんなに、苦しみを背負わなければならないのか」と思い、その代わりに、主人がどうにかなってくれた方がまだましだったと、涙が止まりませんでした。

手術後、弟の命は無事助かり、ただ、ただ、手を合わせるだけ、「本当に神様、有難うございました」。私は心から感謝しました。

事件から三日目で、この騒ぎです。私には、まだまだやらねばならない沢山の事が片付いていません。

亡くなった方の告別式には、陰ながらも、お参りさせてもらおうと思い、お寺まで行きましたが、門前で断られてしまいました。私も、きっとお参りはさせてもらえないとは思いましたが、やはり無理で、遠く離れたところで、手を合せ、身を削る思いでした。

それからも、毎日毎日警察署に呼び出され、何回も同じ事を聞かれ少し疲れ果て、自分でも、体の状態が悪くなっていくのが目に見えるようでした。でも、まだまだ体を休ませるわけにはいかないのです。

親会社の倒産の始末も、少しずつは片付いてはきたのですが、私には何にもわからないのです。負けては駄目だと思い、横で話をしている重大な事とか、わからない事が多くても、いくらかわかりますよという気力と根性の顔で、誤魔化されないように転んでも、何か一つ拾ってやる気持ちでぶつかっていき、何とか、会社の件は決まりついた次第です。

亡くなられた方以外の傷を負った皆様にも、私の一生懸命の気持ちを買って下さり、無事四人の人からは許しが出ましたが、しかし、妊婦さんはまだ赤ちゃんが、生まれないので、許しはいただけません。私は一生懸命お見舞いに行き、祈るしかできません。

体を動かすばかりでは、事は済みません。今度は、皆様からの膨大な費用の請求がかかってきました。涙も涸れ果て、今度は費用の事。少しの手持ちの金と株があり、神の救いか、それで何とかできると思い、大丈夫、自分に言い聞かせ、弱音を吐くまいと心に決め、親には心配を掛けてるが、お金までは掛けまいと頑張る。

実家から心配で親類の方々来て下さるのはよいのですが、私の家に泊る毎日で、私の泣く時間も場所も失い、主人の事の心配で出たり入ったりして、子供達を抱きしめてやる事もできません。夜遅く、今日の仕事が片付いた後、子供達の寝室を覗き、寝顔を見つめながら、私の涙と顔を押しつけて、心で詫びていました。

そのうちに、また弟が病院の三階から飛び降りてしまったのです。付き添いをしていた人に、お茶を持ってきてくれと頼み、中から鍵をして、その数分間のうちに起こった出来事でした。顔には、大きな傷、足は骨を折り、絶対に動けないと思って油断をしていました。ただ、建物の中間の一端当たって落ちたので、死にまでに至らずに済み、何回も何回も、色々な手段を考えるので、疲れさせられました。

その後、傷の方がよくなってきたので、先生から、これは精神科に行かなければ、駄目と言われ、今度は先生の紹介で、精神科に移り、心の病気を治す事になりました。

そうこうしているうちに、自分も家を出る準備をしなければなりません。何をどうしていいのか、考える暇もありません。子供達には、まだ「家を売って、亡くなった人達にお金をあげなければならないのよ」と言い出す事ができませんでした。でも二人とも、私の顔でわかっていたようで「いつ引っ越しするの」と聞かれた時は驚き、何で知っているのと聞くと「誰かが家の中を見せて下さいと家の中を何回も見に来たよ」と。その時の私の胸は掴み取って、捨てたいような痛さでした。子供達にも、よく話してあげました。

「これだけでも、本当は相手の方には足りないのよ」と顔を見つめ合い、そこで初めて、三人でボロボロ泣きました。その時、子供が「家を売っても足りない分、僕と妹で、毎日これから、亡くなった家族が、どうか、幸せになって下さいと祈れば、きっと許してくれるよ」と言う。また私達は涙、涙。昨日からは毎朝顔を洗い、神棚に向かい、三人でお祈りしました。

いよいよ、妊婦さんの大事な赤ちゃんが生まれてくる日が近付きました。

病院に行きましたら、「今、元気な男の赤ちゃんが、生まれましたよ」と聞かされ、「お母さんは」と聞くと、「二人とも元気で心配ないですよ」と答えてくれ、私の体は喜びでいっぱいになり、「おめでとうございます。有難うございました」と感謝しました。色々とありましたが、許され、本当に有難うございました。

私達も、家を出る日が刻一刻と近づき、ぐずぐずしてはいられません。どこに行くかはまだ決まっていなかったのです。その時、私の兄が渋谷の神泉でラーメン屋を経営していました。「アパート借りて、俺の店で働くように」と呼んでくれました。

もう、迷う時間はありません。主人の事があるので、迷惑を掛ける事を承知の上で、働かせてもらうようになり、義姉さんが、一生懸命にアパートを探して借りて下さったり、学校の手続きなど色々と私に尽くしてくれて、自分の子供のように一生懸命してくれました。なかなか、できる事ではありません。私は幸せを噛みしめるだけです。

頑張らなくては。これもみんな、私の周囲にいてくれた人達のお陰です。そして、素直な子供達がいてくれたからです。

そして、第二の人生が始まりました。

（二）

三月の終業式を終えて、四月の新学期。心も身も何もかも新しくスタート。そのころ、私は神泉にある兄のラーメン店を手伝っていました。私は失敗してよく兄に怒られ、それでも、お客様の前で泣く事もできず、洟と涙をいつも前掛けで拭きながら、泣いても笑顔を作って、仕事をしました。仕事には厳しい兄ですが、仕事が終わった後の兄は、別人のように私を気遣い、色々と心配してくれました。

子供達も、学校から帰って店に来ると、兄は大変可愛いがってくれ、兄の子供達も、私の子供と同じ年で、兄の子供と分け隔てなく、自分の子供のように一緒にしてくれました。休みになると、いつもお金を賭けない遊びをし、山登り、山菜採り、河原に行ってはバーベキューと、自然の生活を楽しみました。

また、兄は自分の子供達に、なるべく私の子供の父親を思い出さないように気を遣ってくれ、お父さん、お父さんと言わないように言って聞かせてました。子供達のその姿が痛々しい限りです。そのため、兄の子供達は、目の前にいる父親を「お父さん」と声に出さず、肩を叩いて呼んでいました。さぞ、子供ながら辛かったと思います。夜はいつも、三人で食事をさせてもらい、そして、歌を歌い、家族の情いっぱいの気遣いをしてもらい、毎日、楽しくさせていただきました。

私の子供達も、父親の事を一言も口に出さず、堪えていました。ただ一つ、私の家族にも、毎日の楽しみがあったのです。それは、朝早く起きて、毎日三十分、歌を歌って、散歩しながら、花を摘んだり、葉っぱを集め、最後に一本のジュースを買って、三人で飲みながら、おにぎりを食べる事です。あの時の一口ごとに喉に通る音は、今でも忘れられません。

冬が来た時は、さすがに辛いものがありました。北風が吹くと、部屋は昔の木の戸でしたので、隙間風がピューピュー。コタツも、ヒーターもなかったのです。それでも、子供達は文句一つ言いません。だから、余計に辛いんです。そのため、いつも二人に風呂敷を頭にかけて寝ていました。

それでは寒かろうと防災頭巾を作り、頭にかぶり「とっても暖かいよ」と言ってくれ、私には、子供が座ぶとんを折って囲いを作ってくれました。

数日後、田舎の母が心配のあまり来てくれて、三日泊まり、雪が部屋の中に入ってくるのを見て驚き、さらに子供達が防災頭巾ズキンをかぶって寝ている姿を母は笑いながらも、言葉を詰まらせて、母もお金がないからと、泣くばかり。でも、子供達が「おばあちゃん、心配しなくても、大丈夫だよ。おじちゃんが色々と、遊んでくれたり、休みにはいつもどこかへ連れてってくれるから楽しいよ」と。

「そしてね、毎日、三人で一本のジュースを飲みながら、おにぎりを食べて、遠足にでも、行くような気分で、七時三十分に学校へ行くんだよ」。二人は「楽しいよ」と元気いっぱいなところを見せました。

母も、子供達の元気な姿を見て、文句を一つも言わなかったので、余計辛かったそうです。週に一回は昼に店を休ませていただき、主人のところに面会に行き、子供達の事や色々と話をいたし、生活の事、これからの裁判の事、弁護士さんとの打ち合わせと、お金の掛かる事ばかりで、差し入れどころではありませんが、自分が食べなくても、差し入れをしなければと思い、辛い面会の一日です。

いつも「今日、お父さんのところに行って来るよ」と話すと、朝早く行かなければならないので、子供達も、元気に送り出してくれます。また、自分の事は自分で全部して、役割を守って、学校へ明るく行っていました。

「お父さんのところは寒いのでしょう。でも、雪までは入ってこないよね」と言われた時は一瞬どきどきしました。子供心にも口には出さないが、小さな胸には父親の事を心配しているのがわかりました。

「おかずはあるの」とも聞かれましたが、

「大丈夫だよ。家の御飯より、おかずが多いから。何にもしてないから、太っているよ」「うーん、じゃー心配ないや」と言いながら、今までのお父さんにしてもらった、楽しかった思い出の話をいつも話していました。

私達の何よりのおかずです。一品増えたと、笑って過ごして来ましたが、その間にも、主人は精神鑑定を受けながら、何を考えていたのでしょう。私達も神泉の住まいに慣れ、落着きはじめましたが、生活は大変でした。

子供達に苦労ばかり掛けてしまい、主人の裁判の支払いの事もある。これでは駄目になってしまう。これから先の事を考え、兄に私の思っている事を相談しましたが、反対もなく、昼の店の方だけでも休みを取って、喫茶学校に通わせていただく事になりました。毎日、頑張って通い、夜は店の方で働き、それからというもの、人生に夢を持てるようになり、絶対に私も店を持つという大きな夢を思って、半年で学校も卒業しました。

さて、借金を返すには、何とかしなければと焦りはじめます。しかし、どうせ、やるなら裸一貫なんだから、誰も知っている人がいないところから何かをはじめたいと思い、その決心を私の姉に相談したら、義兄の友人を紹介してもらい、その友人の薦めで、千葉県の勝浦市に引っ越す事を決意しました。子供達には、今までの事情をよく話したら、わかってもらえるかと思いました。しかし、なかなか、すぐには返事がきませんでした。やっと新しい学校に慣れ、友達もできたのに。最後は不安な顔で、渋々「うん」と答えてくれて、私も安心しました。引っ越しするお金もないのに、大きな夢を叶えさせたかったのです。

そのため、小さな土地でしたが、故郷にある土地を売って、お金を作っていただけないかと、主人の兄に事情を説明いたしましたが反対され、情けなかったです。

でも何とかわかってもらい、土地を売っていただき、お世話になり、いざお金を受け取りに行ったところ、今日はこれだけで、後の残金はこの次と言われ、しかたなく帰り、がっくりでした。数日経っても連絡がないので、兄のところに電話をすると、新聞にくるんで、全部払ったとの言葉が帰ってきました。私が「色々と事情を聞いて受け取っているから、お兄さん、そんなはずはない」と泣きながら説明しました。しかし、「払った」「受け取っていない」と何回も何回も繰り返し、とうとう、残金はもらえず、くやしくて、毎日、涙が止まりませんでした。

本当なら、私達、家族が苦しんで泣いているのを助けてくれることを願っていたのです。でも、苦しいからと人に頼っては、一歩も前に進まない事を考えさせられ、意地でも誰にもお金を借りる事をしないで、絶対にやってみせるぞと決意いたしました。涙が出る度に気持ちを一つ一つ増し、子供達の涙も沢山もらい、もう涙なんかいらないやと思うほど、いっぱいでした。

それから数日後、故郷にいる私の兄に相談に乗ってもらい「力になってあげるよ」と言ってもらい、「でも金はないよ」。私も「それは、十分わかっています。でも、お兄さん、金よりもっと大変な頼みだよ」。兄も不安な顔で酒を飲みながら、私の説明を聞くと「保証人か、保証人か」と言いながら飲んで、顔をピクリともせず、溜息をつきながら「よし、俺が保証人になるから、心配するな」と言ってもらいました。

私は義姉と、兄には深く頭が下がります。泣かないと思ったが、また涙が落ち、でも、この涙は、真珠の涙と思い、絶対に迷惑を掛けないで頑張るぞと決心しました。住むところもないから、どうせ借金は借金と大きく夢を持って、自宅とお店を一緒に建てる計画をいたし、兄に話したところ、吃驚仰天。余りにも吃驚し過ぎて「アー」と言いながら動かずタバコに火をつけ、溜息をしている姿が手に取るように、私にはわかりました。私の家族もあり、兄の家族もあり、それが兄にとっては、初めての経験、心配だったのでしょう。それからは、いつも酒を飲むと「俺の住むところが、もしかしたらなくなるかもしれない」と愚痴を言ってたそうです。

私も忙しさで、主人の事、銀行の事、また主人の弟の事とやる事がいっぱいあり過ぎ、手も足も、どっちを出してよいか、わからないぐらい焦り、子供達も、私の涙と後ろ姿を見ながら、心配そうでした。

「大丈夫。お金、どこから借りるの」といつも聞いてくるので、

「大丈夫。お母さん、絶対にみんなには心配掛けないでやるからね」と誓い合いました。もし、子供達がいなかったら、大きな希望も夢も持てなかったでしょう。

主人のところ、弁護士のところ、弟のところとを駆け巡りながらの毎日で、さらに

不動産、銀行と走り回り、体がどっちに行っていいか自分でもわかりません。

第一に、お金の事、電車代はいつも神泉の兄に借り、食物は何不自由なく、食べさせていただいたので、二人の子供達は一粒の御飯でも残さず、贅沢は言いません。

いつも「おじちゃんとおばちゃんのお陰だね」が口癖でした。

ある時、お店が終わり、おかずと御飯をもらい、自転車に妹を乗せて帰る途中、石ころに乗り上げ転んでしまいました。子供は足に怪我をして、血を出しながら、顔も血で染まり、「お母さん、おかずと御飯はこぼさなかったよ」と泣きながら、鍋のフタを開けて、「アー大丈夫。お汁もこぼれてないし、御飯も汚れてないし」

しっかり抱きしめ、痛い傷などは忘れていたようです。

子供が「お母さんは、私より、おかずは」と叫び怒鳴ったそうです。

笑いながら、子供は鍋を胸に抱え足と顔からの痛さもなかったそぶりで「早く帰って、食べよう。お兄ちゃん、待っているよ」

家に入ると、明るく照らされた顔は、雨が降っていたのに傘がなかったので、ビシビショの上、涙と鼻水と血で絵に書いたような姿でした。お兄ちゃんが吃驚し、急いで妹の顔を拭くなり、そこで初めて声を出して泣き、それからは、いつも食べる度にあの時の御飯はおいしかったねと忘れる事なく、大事さを噛みしめています。

いよいよ、夢の実現への一歩です。

私の兄が保証人の手続きに銀行に色々と説明を聞いて、署名と実印を押す時が来ました。その時、初めて兄はボールペンを取ったが、手と足がガタガタ震えており、なかなか署名できません。その気持ちは私には痛いほどわかります。家も畑も全部、担保に入るのですから。でも、お兄さん、大丈夫。絶対に私、頑張って迷惑掛けないから。署名してと頼み、気を取り戻し、ガタガタ震える手で署名し、実印を押してくれましたが、兄の歯がガチガチ鳴っている音も聞こえました。銀行から出てタバコに火をつけようとしても、手が震えて、なかなかタバコに火がつきません。あの姿を見て、頭が下がる思い、絶対に私はやらなければと。涙とともに、また気持ちを大きく持ちました。

その後、兄は三日位、酒を飲みながら、俺の家も畑もなくなってしまうと母に当り散らしたそうです。兄も苦しかったのでしょうが、母も辛かったでしょう。

身に染み、本当に有難うございました。川の流れのように、後を振り向かず前進しなければ曲り曲りなった坂道、これから覚悟の坂道、女の坂道、男の坂道、一緒だと思います。

三日後、主人の弟の事故の傷も日増しによくなり、一日も早く退院できる事を祈りながら、相変わらず主人の裁判や弁護士さんの話。刑務所に行けば、鉄格子の向こうには、手を堅く紐で結ばれて出てくる姿、あの姿は辛くて、まともに見る事はできません。

話も時間が決められ、数分だけ座っただけで話もしないで、帰った事が何回もあり、この姿だけは、絶対に子供達に見せたくもないし、話もしたくもありません。

家に帰れば「お父さん、どうだった」「どうしているの」「どういうところで、お母さんは会って来るの」と聞かれ、歯を噛みしめながら「待合室で普通に座って話をしてくるのよ」と、いつも誤魔化していました。

でも子供達は、テレビのドラマなどを見て知ってる通り「本当はテレビのドラマと同じでしょう」と言われ、体全身から落ちる冷汗を感じました。

私も、誤魔化しても、何でも色々と見たり聞いたり知っている事なので、これからは、面会に行って帰ってからは、包み隠さず全部話し、理解してくれました。でも話はするが、二人の小さな心には、あの姿だけは言えない。実際に見たら、一生嫌な思い出になり、大きな傷を背負って、心のどこかには残ってしまうでしょう。

でも子供達は、明るく元気に勉強にも前向きに頑張って、それは私にとって何よりも幸せです。苦い道を何回も何回も繰り返しながら、一年が通り過ぎようとしています。

目の前に、これからの人生（第三度目の人生）の一歩の足を踏み入る気持ち。

何とか、自宅とお店の棟上式まで漕ぎ着けたのも、周りの皆様のお陰です。その日は雪が降り、大変なところを、私の自家で義姉が大工さん達の御馳走を作り、いやな顔一つ見せずに雪を振り落としながら祝ってくれ、胸がつまる思いでした。やっぱり、兄は私の兄ですが、その義姉となると、なかなかできる事ではありません。兄より義姉の方が篤く、強く結ばれる事に有難うと言いたいほどです。

工事の方も着々と進み、子供達の新学期まではと思っていましたが間に合いませんでした。一ケ月間借りをする事に決め、せっかく慣れた学校にも友達にも、いよいよサヨナラしなければならない時が来ました。お兄ちゃんの方が、どうしても千葉には行きたくないと、初めはわがままを言い出し泣きくずれ、

「僕は神泉と友達とおじちゃんと別れたくない。ここが一番いいとこなんだ」

と言って、しばらく、一人で外に出て泣いていました。妹も外に行き、

「しょうがないんだから、千葉に行こうよ」

と励まし、私も一緒に三人でしばらく泣き、一本の缶コーヒーを三人で飲み干し、

「頑張ろうね」

と乾杯。いつも、どんな小さな食べ物でも、必ず三人で分け合い、お母さんは食べたくないと言っても、お母さんが食べなければ私も俺もいらないよと、食べたくても目では見ていても手を出さない。本当に二人とも親思いです。親を思う絆を背負い、この土地なら誰も主人の事を、知る人もいないし安心しました。

（三）

仮住まいをしていた時はもうお金もなく、どうしようかと焦るばかり。でも、お米だけは自家からいただいたのが沢山ありましたので、スーパーで半端物とか、売り残りとか、少し傷んだ野菜などを二十円、三十円で買わせていただき、それらをうまく使って、お米が多く入った雑炊を三人で何日も何日も食べました。

それでも子供達は「おいしいね」と言いつつも、「本当はこの野菜、傷んでいるんだから、ただで僕達みたいな人にくれればいいのにね」と笑って食べて、その言葉が何よりの御馳走でした。

ある日、大工さんのところに初めて挨拶に行くのに、手ぶらでは行けないと、何かお茶菓子を持って行かなければと思いながらも、お金はない。情けない気持ち。

でも、以前、埼玉にいる時、鳥を飼っていた時のエサを大事に取っておいたので、それをスリ鉢でよくすり、甘さを加えておせんべいにして持って行きました。お茶を入れるとみんな喜んで、「このせんべい、どこで買って来たの。やっぱり、東京の人は味が肥えているわ」と、「うまい、うまい」と食べてくれました。あの時のみんなの顔は、今でも忘れる事はできません。

まさか鳥のエサとは、子供達にも少し取っておき食べさせたら、「お母さん、どうしたの、こんなおいしいおせんべい。よく買うお金あったね」と聞かれました。事情を話したら、「エッ」と驚き、「今日から雀になってしまった」とはしゃぎながら、二人とも「ピーピー」と真似をして飛んで遊び、それがとってもいじらしかったです。「また、雀のおせんべい、作ってね」と、私は本当に元気付けられ、私は、子供達の力、みんなで協力して下さる力があったから、ここまでの道を歩けたと、感謝でいっぱいです。

四月には、子供達も新しい学校に通い始めますが、なかなか、当地の言葉の使い方に慣れるようになりません。今までは「僕」と言っていたのを無理に「俺な」というように努めて、「いがっぺ」「おめい」「いくべい」という方言と、東京の方言を混ぜて話をしているのでとても奇妙な話し言葉になり、毎日毎日、「埼玉に帰りたい」と泣かされ、兄の方は手につけられないほど手こずり、大変悩みました。

ある夜、お兄ちゃんが帰って来ないので、心配でそこらじゅうを捜し、もしもの事を考え、不安と焦りが入り乱れました。この気持ちは、親だったら誰でも思うでしょう。すると、河原の大きな木の下に、お兄ちゃんがいるのを見つけました。その姿は、可哀相に、誰にも言えない事を裸足で首にタオルを巻き、「お父さんのばかやろう、ばかやろう」と叫びながら、その大きな木を足と手で殴りつけながら、私の姿を見るなり、「また、俺は埼玉に帰りたい。俺は帰るんだ」と叫び走りだし、私も裸足で走り追いかけました。子供も疲れ果て、私の救いを求めているかのように、後ろを振り返りながら走り、つかまえた時は何も言わず、思わずビンタを打ち、土手に投げ飛ばしました。土手の草や土の香を体中に付けながらゴロゴロころがり落ち、私も後からゴロゴロ落ち、大きな声で泣きはじめ、子供を抱きしめ辛かったです。言葉では簡単ですが、この気持ちはなった人でなければわからないでしょう。頭から土手を転がり落ちて行ったので、雑草と泥でまっ黒になり、高い土手を見上げ、下に落ちるのは簡単に落ちますが、登って行くのは大変です。子供が「どうする」と言うと、「登る時に一足、一足、よく土を踏み、何か、一つ手に握って登りなさい」と、二人で一足、一足登りはじめました。でも、つるつる滑って、なかなか登れません。やっとの思いで、道路まで這い上がって来ました。

「お兄ちゃん、タンポポの花を取って来た」

「うん、タンポポの花を取って来た」

嬉しい顔で、ギューと握り締めていました。

「アーお母さんも、タンポポだ。一緒だ」

「そうよ、いつも、貴女達とは一緒よ、絶対離れないんだから」

そこに、妹と今度お店で一緒に働いてくれる時子さんと二人が、サンダルなど履いていられないから途中で置いてきたと、「ハーハー」と息を切らせながら、裸足で駆けつけてくれました。これから、みんな一緒なんだからと話しあい、サンダルを片手にぶら下げ、タンポポの花もしっかり握り、四人裸足で帰り、四人とも足に土を踏みしめながら、大きな希望を実感しました。

色々とありますが、いよいよ、お店の開店の準備。仕入先を電話帳で調べたり、メニュー作り、子供達との手作り。

誰も知る人がいないので、頼って相談できません。

この町の人は、どんな人達なのかも知りません。急に保健所から連絡があり、この地域は学校が沢山あるから、喫茶店営業は無理と言われ、食堂だったら大丈夫と、急遽、食堂に変更。名前は困り果てた後、食堂喫茶「たんぽぽフレンド」に変更し、全くの素人の私には地獄の道です。

でも、この地獄の道を登らなくては。コーヒーカップ一つにしても、何もかも全部が借金。もしここで、私が負けたら、兄の家もなくなる。

母にも淋しい思いをさせなければならない。淋しい思いが二家族とも殺してしまうのと同じだ。それを考えただけでも、これから厳しい戦いがはじまる恐ろしさで胸がいっぱいです。一緒に働いて下さる方とも、心一つして必死に働き、一日の一人のお客様も来ない事も何日もありました。

一人のお客様の日にも笑顔を絶やさず、頑張り、一踏、一踏と朝は八時から夜十二時まで営業しました。お客様が口コミで一人増え、二人増えと何とか毎月の支払ができるようになり、ここまで来る坂道はへこたれたら、登りきれません。やると決めたからには転んでも登るという気持ちを持たなければできません。

お店に来て下さるお客様の気持ちをつかみ、自然に心と心が通い合うようになり、そして、色々な事をお客様に話して教えて頂き、勉強になり、やっと勝浦町の人になったと感じさせられました。一杯のコーヒーでも出前をしたり、一枚のトーストでも出前をいたし、その一つの注文が本当に有難いという気持ちで嬉しかったです。私達も一年間は一日も休まず営業しました。一年間は魚や肉も、子供達に食べさせた事がありません。魚三枚買えば、店の負担がかかるのです。

ですから、毎日毎日、今だったら恥ずかしいのですが、お客様の残りを捨てずに取って置き、そこへ野菜を入れたり色々な調理をして家に持って返り、私達家族はそれを食べていましたが、かえって、それが私の勉強にもなりました。

それから、二年目の頃、やっとサンマの開きを開店以来初めて買い、一人一匹ずつの御馳走。今でもあの味を忘れる事はできません。「どうしたの」とサンマの姿と匂いに子供たちの顔から笑みがこぼれ、あの時の子供達の顔も忘れられません。「全部食べると勿体ないから、明日の朝にも食べるね」ときれいに半分ずつ残し、朝の楽しみにしました。

一匹のサンマの開きでも、子供達にも二年ぶりの味。それが一夜に消えていくのが勿体なかったのです。私も、時子ちゃんも同じ気持ちでした。朝にもう一度焼き、今度は頭から骨まで、残す一本の骨もありません。「今度は、お刺身食べられるように頑張るからね」と約束。何時になるのかわかりませんが、また私には希望が一つ大きく膨らみ、登るぞーと意気込みました。

踏まれては起きて、踏まれては起きて、真っ直ぐ上に伸びる麦のように強く生きる。

この間にも、主人の裁判が何十回と繰り返され、辛い思いをしながらも、この町の人には主人は病気で入院している事になっています。長い月日が経ち、三年目にやっと判決が下り、精神鑑定により無罪となりました。

しかし、亡くなった人の家族の事を思うと、心苦しい気持ちでいっぱいでした。今でも、心ではいつも、手を合せ、一日も忘れず、供養させてもらっています。

今度は、保釈金が三百万円かかると、弁護士さんからの話でした。到底、そんな金はあるはずがない。普通なら、喜んでいいのか何だかわからない。でも、保釈金を何とかしなければと、また頭と心が痛みはじめ、みんなには迷惑を掛けられないので、店の工事資金と、名を付けて銀行から借入れする事ができました。また、私は登る坂道が増えて、大丈夫だろうかと不安でいっぱいです。

(四)

それから一ケ月後、主人は家に帰る事になり、新しい出発点となりました。子供達も三年間もの長い間、一日も早く一緒に暮したい日を持ったのでしょう。

埼玉の自分の家はなくなったが、新しい家、新しい心、新しい第一歩の人生。主人にとっては、さぞ嬉しかったでしょう。

しかし、主人は、私達が今まで苦しんできた事一切を知らない。私も、子供達も、ばかやろうと大きな声で叫びたい気持ちでした。色々と、今まであった事を話しました。夜が明けようとしても、まだまだ話し足りないぐらいでした。

今度は、主人にも頑張ってもらわなければ。主人の仕事はなかなか見つかりません。焦れば焦るほど、見つからないのです。やはり、自分で小さいながらも社長となってしまうと、人に使われる立場がどうしても駄目らしいのです。一ケ月位は何とか小さな町工場に勤めましたが、やはり駄目でした。

突然、主人が「無理を言って申し訳ないが、もう一回、会社を作りたい」と言い出しました。私も唖然となり、返事のしようもなく黙っていました。が、言い出したら、絶対に後に引かない主人の気性はわかります。

「会社を作るにも資金をどうするの」と何回も聞き直しましたが、答えは「店の名前で銀行から借入れを頼む」。仕方なく、それを受け入れ、当然ながら、今度は私が保証人。また、坂道が増えるのかと思うと情けなさを通り過ぎ、憎らしかったです。

この三年半の間、苦労して子供達にも、死ぬ事よりも、大変なハンデを負い頑張って来たのに、主人は何も私達の苦しかった事がわからない。よっぽど死んでくれた方のが良かったとも思いました。

お店も順調にお客様が来て下さって、本当に感謝で気持ちがいっぱいです。夜は、毎日のように、集落ごとに青年団の方が団体で来て下さり、私達二人では手が間に合わないので、注文のものが出来上がったら、みんなで運んでくれて助けてくれました。お酒を置いていないのが淋しいのですが、ジュースで楽しい会話ができ心を酔わせていただきました。私は、この時、集落ごとのリーダー役をしている方にに巡りあわせていただき、「神様、有難うございます」と自然に手を胸に祈り、幸せものである事に感謝し、この気持ちは未だに忘れる事はできません。私が一生、大事にしたい宝物です。

そのお陰で、主人の会社も作る事ができ、今度は何事もないようにと祈りながら、また大きな登り坂道を、登って行かなければなりません。自分の重い荷物と、主人の二重の重い荷物を背負いきれるか。私の体には、なぜこんなに負担がかかるのだろう。人の倍もそのまた倍も、夜も寝ずに働き、隣のおばあちゃんも心配で、「奥さんは何時寝んだね」といつも言われ、恥ずかしいぐらいでした。家事の手抜きは、絶対にできない性格なので、目をつぶっていても、「ア、あそこが汚れる」とか、埃が一つにでも落ちているのも駄目なのです。みんなが、真夜中でも毎日毎日ガラス窓を拭いたり、掃除をしたり、子供達もスリッパなどを履きたがっても、許さなかったです。それは、スリッパを履いていれば、足に物が付いてもわからないからです。それでも、子供は履きたい一心に自分で掃除をしながら履くスリッパなどを作って、微笑ましい姿を見せてくれましたが、許しませんでした。この性格は、絶対に直りませんね。バカな性格です。

（五）

ぐらぐら揺れる大地を踏みながら、頑張った甲斐あって、子供達も二人とも中学生になり、朝は店の掃除を手伝い、役割を守り、勉強、部活と頑張り、それこそ雨の日も風の日も嵐の日も、一日も学校は休んだ事はありません。誰のためでもない、何事も自分のためであります。

私も小さい頃から、父親に厳しく、そしてやさしく育てられ、大人になって初めてその有難さがわかったのです。

農家で育ったので、勉強より仕事、背中に重い物を背負わされれば重いと泣く。すると、「アーそうか。それでは軽くしてあげるから腰を下げな」と嬉しく腰を下げると、自分で背負っていた物をまた一つ私の背中に乗せてくれる。「どうだ、軽くなったろう」と父親はさっさと行ってしまう。私は洟と涙でくしゃくしゃになりましたが、泣き顔など見せたら大変です。

根性がないからだと軍隊式で教えられ、「泣きたかったら、竹やぶの中で泣いて、自分がどうすればよいか考えろ。自分の強さは、自分で作って行かなければ、負けて泣くのは自分だ。いざとなったら、誰も自分が可愛いから、助けてくれる人はないからな。よーく覚えておけよ」と厳しく育てられ、あの時の経験があったから、今は根性と気持ちのやさしさを忘れず、苦しい時は星を見ながら、父親に手を合せ、話をしています。

「見守って下さいね」と。だから、私は幸せな人なのです。子供達にも、「あなた達が憎くて怒るのではなくて、可愛いから怒るんだよ」といつも言って聞かせてました。

ある時、私がいたずらにタバコを吸っていたら、子供に見つかり、「お母さん、ちょっと、そこに正座しなさい」。掃除機の棒を持って来て、正座している足の下に棒を挟み、何十分間も座らされ、「お母さん、自分でした事が良いか、悪いか」と説教され、「もうしないか」と、私が今まで子供達に教えてきた事と同じにやらされ、後で「お母さんが可愛いから、注意するんだよ」と足の肉が棒の跡で赤くなった私の足を「よしよし、これで治った」と一生懸命にさすってくれました。「もう大丈夫だよ」と私を子供のようにやさしくしてくれて、後で涙も出ましたが、可笑しくもなるし、成長とともに嬉しく感じられました。

苦しい時ばかりではなく、笑いもありながら重い荷物を背負いながら、頑張り、重さがなかったらきっと負けていたかもしれません。

その時、心を預ける余裕もない時、また主人の会社が駄目になり、倒産となり、「なぜ、どうして」と、その言葉しか、もう私には出ません。あれほど約束して、今度は心配掛けないからと誓ったのに、身が引き裂かれる思いです。


会社をはじめてまだ一年半です。借金は返すところが、まだまだ沢山あり、会社の倒産よりも、返済の心配の方が先に駆けめぐり、涙が止りません。主人は、ただただ、どうすればいいんだと頭を叩きながら、毎日臥せってるだけ。

でも、ここで勇気を出さなければ。また昔の時と同じになってしまったら大変。二度とあの時の味は、もう子供に味わわせたくない気持ちで、借金の返済は、二人で力をあわせ、頑張ってやって行こうよと勇気付け、倒産の後始末に追われる日に何ケ月も掛かり、少し落ち着きはじめました。

今度はやっとの思いで決心いたし、つくば市の会社に勤める事になり、それから半年が過ぎ、いくらか息つく安心もできるかなと思った時、また爆弾を背負わされました。また、主人は会社設立の相談を持ちかけてきたのです。

「お父さん。いくら、私が頑張っているからと思っていても、私も生身の体。今は丈夫な体ですが、いつ倒れるかも知れません。もう、限界だよ。いくら何でも私も人間よ。私の事を可哀相だと思わないの」と怒り狂い、フライパンを何回も何回も叩きながら、涙を流しました。私の涙より、フライパンは強くて引っ込みもしません。

とってもくやしくて、くやしくて、一晩中泣き止む事もできませんでした。日の出を見ながら、「やっぱり、三回目の重い荷物を背負うほかないか」と自分の体をお天道様に預け、「今度はどうか助けて下さい」と、毎日毎日、祈り続けました。

普通だったら、とっくに別れているところでしょう。しかし、子供達の事を思い、親の事を思ったら、私にはできませんでした。死にたいと思った事も何回もあり、その度にここで私が死んだら、この借金はどうすればいいんだ、私の兄弟に迷惑を掛けてしまう。それは、死んでも絶対にできることではない。その事がずっと頭から離れられません。

そんな事を思いながらも、とうとう主人は三度目の会社を作ったのです。話にもならないほど、また三度目も潰れ、世間様にも笑われますよね。あきれ返ってしまい、本当に凍てついた地獄、その地獄のどろ沼に浸かりながらも毎日を送り続けなければなりません。

私も借金のために大きな勝負を掛ける決心をいたし、このままではこの店では払いきれないほどの額の大金をどうする事もできません。喫茶店をはじめてお陰様で八年目になり、数多くの常連様に恵まれて、そのお客様の、皆様の意見を聞き、力を借りて、また青年団の皆様も、「奥さんだったら大丈夫。俺達も応援するから」と励まされました。そして国道五十一号線の道路沿いにファミリーレストランを出店する計画をいたしました。昼間は出る事ができないので、店が終わってから調査をしたり、お客様達が情報を持ってきて下さったり、本当に有難さでいっぱいでした。

私がここまで来られたのも、お客様と周りの人達が色々と応援をして下さったからです。料理を取り持って下さり、一人一人の心と通い合う事ができて、心の中はハッピーでした。その愛のこもった料理で、目に見えない深い一本の糸でお客様と結ばれていたのです。

岩に苔がはりついているように波に叩きつけられても、叩きつけられても、押し返してやる気持ちで戦うと決心しました。

また、その時、主人は四回目の会社をまた設立させようと計画中で、何度も話をいたし、もう私も、「自分の事で精いっぱいなの。私に心配させないで」と言うと、「俺も、会社をやる」とのこと。私は不安にさせられました。

私は呆れかえって、「今度は保証人になれないよ」と言うと、今度は私の兄弟に頼り、泣きつきはじめ、兄弟も主人に貸すのではなく、私に貸すと言われ、また、余りにも酷すぎるので離婚をしろと、何回も兄弟達に言われました。でも、ここで離したら、今度兄弟まで殺されるのではないかと、頭に思い浮かび、恐くて離婚などできません。いつも「俺は、お前の死を見届けなければ。一日でも早く俺は死なない」と酒で酔いながら言っていたので、本当に何をするかわかりません。わけのわからない性格は、私が一番よく知っています。もうみんなには、色々と迷惑を掛けていますが、埼玉での事件が身に染みているので、人を傷つけ、命を奪い、そして、残された家族を思えば、心配で離婚などできませんでした。

四回目の会社の設立も、家と、喫茶店と、三重の実家を担保に入れ、私の兄と義兄が保証人になって設立できるようになり、重い借金は増えるばかりで、なかなか減りません。

それでも私は、踏まれては起き、踏まれては起き、皆様から助けを借りながらも、やっとの思いでレストランの開業にこぎ着けました。重い重い二人分の借金を背負い、大地を踏み、噛みしめ、寝る時間もないぐらい一生懸命に働き、何で、こんなに私の体は丈夫なんだろうと毎日不思議なくらいでした。きっと、神様と父親と御先祖様が見守ってくれているのだと思い、頑張りが強かったのです。

「転んではただで起きるな、小さな石でもよいから、砂でもよいからつかんで起きろ」と小さい頃から耳が痛いほど聞かされ、私は父親からもらった物は何一つありませんが、その言葉が一番の贈り物だったのです。

いつも大切にして、心のどこかにはいつもしまっております。この父親の贈り物を、今度は私が子供達に贈り物として渡しました。

（十八）

子供達は二人とも高校生になり、新聞配達などをしながら、また色々とバイトをしながら、生活を助けてくれたり、たまには喧嘩もしあいながら仲の良い兄妹でした。いい事なんか十のうち一つしかない。でも、その一つを大切に話しあったりしました。話しあう時には、いつも一本のジュースと、一杯の雑炊、そして、スズメのえさセンベイ、サンマの開きの味の思い出は、どれもこれも一生忘れられない事です。その味を思い出しては、私もお客様には、愛のこもった料理で、忙しい毎日を過ごし、これも、知らない土地に来て、慣れない町の人達に愛され、幸せな私です。

苦労は毎日ついてまわり、自分が嫌いになり、いくつもの重い荷物を背負っていましたので、私の体を自分の手で、この胸の中にある重さを少しでもかき出したいと思いました。そういう時は、物置に入って、柱に身を打ちつけて泣き、「お星様、アーどうか、私の願いを聞いて下さい」と一つ二つ三つと願いをこめて祈りました。

春の芽生えなど、いつ来る事やら、来るのは黒い波嵐。苦難の坂道を登っては降り、登っては降りたりの人生です。

従業員達に支えられ、バイトで通っている若い子に愛され、教えられ、いっぱい勉強も教わり、「おはようございます」の一声で、「ア！ 今この人は、どうしたんだろう、何かあったのかな、心配事で悩んでいるのかな」と一人一人の心が感じられます。目に見えない人の気持ちが細い細い糸で結ばれているのです。気持ちは、仕事をしていても、顔が見えなくても、歩く足音、物の置き方、私の体は背を向けていてもわかります。いつも、「今日、体具合い悪いのかしら、少し休んだら」とみんなでいたわり、悩みを聞いたり、笑顔を大切にしてきました。

みんなも私を毎日チェックしているので、「大丈夫。お奥さん、私達みんなで作るから、少し二階で横になって寝ていて。だめな時は呼びに行くから」と、いつもやさしい言葉をかけてくれます。気持ちと気持ちが結ばれ、いつも一緒だから、私の方から今度はここをやってとか、ここを掃除をして、これはこうしてなんて言わなくても、暗黙のうちに仕事をしてくれます。お客様に気にいられるよう、よく働いてくれました。

特にトイレなどは、行き届いた掃除をします。トイレに入っても御飯を食べられるようにという気持ちをこめての事です。

（七）

みんなに支えられながらも、二人の子供は成長いたし、兄の方は高校を卒業し、近くの会社に就職し、わずかではありますが生活を助けてくれました。妹はどうしても大学に行きたいと私の顔色をいつもうかがっていました。やはり、高額の借金もある事は、子供にもよくわかっているので、なかなか言い出しにくかったんでしょう。

私の方から、「もし、大学に行きたかったら、心配しないで頑張ってね」と言うと、「お母さん。本当はね、お母さんに心配かけないようにするつもりで、色々と先生に相談に乗っていただいているの。やはり最初は学費の事で迷惑をかけてしまうのです。私の力だけでは無理なんです。後はバイトをしながら、国からの奨学金を毎月四万円借りて、迷惑をかけないで頑張るからお願いします」と頭を下げて懇願しました。「自分の事なんだから、自分の力でやれるところまでやって、勉強しなさい」と言った時の子供の笑顔は、すみれのような春の芽ばえのようでした。

娘も大学にも入り、国から奨学金を受け、朝のバイト、夜のバイトを持ち一生懸命に勉強も頑張りました。今はお金を毎月一万円ずつ、返済しているそうです。私は一切、ノータッチだったのでわかりませんが、奨学金は子供が五十五歳までかかるみたいです。

平成も三年目の秋を迎えようとする頃、一本の電話があり、それは身震いもしたくなる警察からの電話でした。

「お奥さん、今、御主人が事故に遭われ、石田の病院に運ばれた」と急いで行くようにとの知らせでした。

これは大至急行かないと会えなくなるかも知れないので、連絡を、色々と従業員達に頼み、病院に行きました。が、ここの病院では手に負えないので、別の病院に移りましたとの事で、その話に、もう歯がガタガタ、足はガクガク、埼玉の事件と同じ気持ちになり、言葉も出ません。

駆けつけてきた先生に話を聞くと、「もう無理ですから。会わせておきたい人がいたら、大至急呼んで下さい」と言われ、私の姉が手配してもらい、みんなが駆けつけてきてくれました。そして、心配をしながら、祈っていました。埼玉の時の事を思い出してしまい、涙が止まりません。あの時の家族の気持ち、今の私と同じ気持ちでお祈りしていたんだろうと胸が締めつけられました。「なぜこんなに私を苦しめるの。なぜ、私ばっかり、どうして」と心の中で叫び続けました。

ふと、私はきれいに咲いている花を目に、ピンクと赤のコスモス、淋しそうに、風に揺られながら、私を見つめている。思わずコスモスに手をかけ、私は顔をうずめ、「お願い。なぜ、教えて」と泣き、心を落ちつかせました。

先生に呼ばれて行くと、先生も不思議な顔で、「実はもう絶対に無理だと判断したのに、僕にもわかりません。不思議な事に意識が戻ってきたのです」と先生も頭をかかえながら、「もう、大丈夫ですから、安心して下さい」と言われ、数時間後、面会の許しが出て、びくびくしながら主人に会うと、とっても元気で、

「何だかわからないが、キツネにでも騙されているみたい」と苦笑い。

主人の事故の様子を聞くと、自分もよくわからないが、ともかく、「アッ」と思った瞬間、目の前に大きな、まっ黒な物がかぶさってきて、それからは何も覚えていないと言う。覚えているのは、ただ大きな黒い物だけなんで、「俺はなぜここにいるんだ」と、キョロキョロ見回し、親戚の方まで、なぜいるんだと、自分でも自分の今の状況

がわからないみたいでした。

あんなに大きな事故なのに、検査したところ、「異常ありません。三日位で退院してもいいでしょう」と先生も頭をひねって、苦笑。

何て運の良い主人なんだろう。いっそのこと、このまま天国に行ってくれた方が良かったのにという気持ちが心の底ではうずまき、でも、心の底に残るもう一つは、まだまだ主人がやらなければならない、大きな借金の事があるんだから。天国に行くのに、借金まで背負って行く人ではない。

淋しい　淋しい　こんな淋しい　日はない
待てども　待てども　遠い日
コスモスよ　おしえて　なにか答えて
淋しく　風にゆられ　笑顔
そーっと　ささやく　風と　ともに
淋しい　淋しい　こんなに淋しい　顔はない

待てども　待てども　遠い日
母思い　子供思い　涙　涙
私の人生　何のため
ただ背負う　重い荷物
コスモスよ　教えて　ささやく音

淋しい　淋しい　こんな淋しい　人生は
待てども　待てども　幸せは　来ない
こんな時　どうすれば　コスモスよ
祈る手に　一本のコスモス　淋しそう
余りにも　背負う　荷物が　重すぎる

故郷なつかしく　麦畑
ひばり　さえずる　遠くに聞こえる
心は　故郷に移りたがり

母思い　子供思い　こみあがる暑い涙
私の人生　重い人生　何のため
踏まれて起き　踏まれて起き　麦のように

故郷なつかしく　麦畑
足で　力いっぱい麦踏む　母背姿
これでもか　これでもか
二日も過ぎると　また　起き上る青い麦
いつかは　熱して　刈りとられ
踏まれても　踏まれても　起きる麦よ

故郷なつかしく　麦畑
加波山にみまもられ
緑の国にふかれさり　強く生きる
ひばりが　子と大事に　語り合う声

遠く聞こえる　美しき声
麦を見て　子を守り　生きぬく親姿

私は、いつも泣く時、麦畑を思い出す。

それから三日後、主人は退院をいたし、仕事も頑張っていましたが、少しずつ借金が減るのならよいが、運転資金としての銀行から借入れが増えるばかりでした。会社をもう少し大きくすれば、仕事も大きい仕事が取れると、少しずつ大きくはしたが採算にあわず、赤字ばっかり。でも給料はきちんと入れてくれます。会社の名前で借入れできない時は、すぐに暴力をふるう。私の店の名前を肩書で借りてしまうので、従業員の給料を支払うのもやっとのこと。みんなはその事を知らないから、大したもんだなと思ったかも知れません。

だれでも、表向きは楽しそうにしているが、家庭の裏にはこのように何かがあるのです。ただ、それを見せまいとして、一生懸命に家族を守っているのです。「きっと、そうですよね、この裏には辛さと痛さ、煮えくり返っている湯気のような心の憤りがあるのね。煮えくり返えるお湯も少しは流れる水にしたいですね」。

恐縮ですが
切手を貼っ
てお出しく
ださい

112-0004

東京都文京区
後楽2－23－12
(株) 文芸社
ご愛読者カード係行

書　名				
お買上 書店名	都道　府県　　市区　郡　　　書店			
ふりがな お名前			明治 大正 昭和　　年生　　歳	
ふりがな ご住所	□□□-□□□□		性別 男・女	
お電話 番　号	(ブックサービスの際、必要)	ご職業		

お買い求めの動機

1. 書店店頭で見て　2. 当社の目録を見て　3. 人にすすめられて
4. 新聞広告、雑誌記事、書評を見て(新聞、雑誌名　　　　　　)

上の質問に 1. と答えられた方の直接的な動機

1. タイトルにひかれた　2. 著者　3. 目次　4. カバーデザイン　5. 帯　6. その他

ご講読新聞　　　　新聞	ご講読雑誌

文芸社の本をお買い求めいただきありがとうございます。
この愛読者カードは今後の小社出版の企画およびイベント等の資料として役立たせていただきます。

本書についてのご意見、ご感想をお聞かせ下さい。

① 内容について

② カバー、タイトル、編集について

今後、出版する上でとりあげてほしいテーマを挙げて下さい。

最近読んでおもしろかった本をお聞かせ下さい。

お客様の研究成果やお考えを出版してみたいというお気持ちはありますか。

ある　　ない　　内容・テーマ（　　　　　　　　　　）

「ある」場合、弊社の担当者から出版のご案内が必要ですか。

希望する　　希望しない

ご協力ありがとうございました。

〈ブックサービスのご案内〉

当社では、書籍の直接販売を料金着払いの宅急便サービスにて承っております。ご購入希望がございましたら下の欄に書名と冊数をお書きの上ご返送下さい。（送料１回380円）

ご注文書名	冊数	ご注文書名	冊数
	冊		冊
	冊		冊

川の流れのように　生きる心
三度　四度と　もどらぬように
大地を　削っても
川の石を　見ろ　耐えて耐えて　生きてる
留めるば　横にも流れる　目はじき強く
さらされ　サラサラ流れる音と　ともに
身を　まかせてるではないか

川の流れに身をまかせ
背負った　荷物は重いが
飲んで　飲まれた　この心
私も　女よと叫びたい
誰かにすがりたい　この気持ち
誰がわかる　自分だけ

川の流れに人生まかせ
余りにも重い　心の荷物
幸せ　願望求めたい
貴男　気がつきますか　私も女よ
飲んで　飲まされ
愛する胸に　抱かれたい

川の流れに愛を求めて
先が　見えない人生に
川に映る　涙顔
夢まで見る　愛の夢
いつ幸　来る日を祈り　私も女よ
飲んで　飲まれて　川よ聞いてるかい
迷う心を　誰かの胸に

（八）

そして、主人の会社は細々と仕事はあり、私もお客様にはげまされ毎日忙しく働いていました。

その時、突然、神泉にいる兄の具合が良くないから、なるべくだったら早く会いに来るようにとの知らせがあり、店を休んで子供と飛んで行きました。私達が埼玉を出て、あんなに心配ばかりかけた兄。一年間、だれにもできなかった私達の心のささえとなってくれた兄です。

病院で会う兄は、酸素マスクをして、息をつくのも苦しく、話は余りできません。以前の兄とは、まるで別人の変わり果てた姿。話をするのも、顔をなかなか見る事さえできません。私の事はいつも心配で、電話を毎日のようにかけてきて、悩みなどを聞いてもらったりしてもらいました。私には、いなくてはならない兄だったのです。

子供達も、いつも忘れた事はありませんでした。

病院で帰る頃になって兄が私に向かって、

「道子。本当にここまで良く頑張った。店だって二つも出して、俺より頑張り通したな。でもな、俺みたいになってはおしまいだ。お前は人の何倍も何倍も働きづくめで、自分の体の事は自分しかわからないから、無理しないで少し休む事も考え大事にしろよ。それだけ、俺は言っておきたくて、お前が来る日を待っていたのだ。大丈夫だよ」

「お兄さん。お兄さんの言う事聞いて、休みをとるようにするから、お兄さんこそ、負けないで、頑張ってよ。それでないと私の力がなくなってしまうから。お兄さんがいたから、私も子供もここまでやってこられたのよ」

話をしていたが、兄も苦しさを抑えながら、私の事ばかり心配いたし、

「それじゃ、お兄さん。また、近いうちに来るから、早く元気を出してね」

「アッ、道子。本当に体を大切にしろよ、頼むから」

病室から出てからは、私の身体中が暑く胸が苦しく、涙がとまりません。駅に向かう足も重たく、子供も涙、涙で、

「おじちゃんの顔が、可哀相で少ししか見られなかった」

とすすり泣き、

「おじちゃんが、あんなにお母さんの事ばっかり心配しているんだから、今度は少し体を休ませ、睡眠を取りなさい」と子供にまで色々と言い聞かせられました。

そして、翌朝の電話で、「八時二十分頃急に亡くなった」ことを知らされ、私の頭は、一瞬まっ白になり、子供達も、「お母さん、どうしたの」と聞かれても、「おじちゃんがね」という言葉だけしか出てきません。私が気がついた時は、二人とも涙がぼろぼろ。涙を止めようにも止まらない。

あの時、私との最後の別れになってしまったのです。兄弟達も、「道子に会って、安心して天国に行けたんだろう。本当にお前の事を心配していたからな。自分の体より、いつも道子は大丈夫かなと、姉さんに言っていた」と慰めてくれた。余りにも、心配ばかり掛けましたから、四十七歳の若さ。まだまだ、これからだっていうのに、早すぎる人生でした。

私の兄の位牌をお寺で作ってもらい、長男は、小さな仏壇に毎日毎日の事を話し掛け、お祈りしています。朝も夜も会社から帰ると、何より先に手をあわせ一日あった事を話しています。私にもなかなか子供の真似はできません。よっぽど、父よりも、おじちゃんの事を慕っていたようです。

風と　ともに落ちる　けあきの葉
大きな　大木なのに　なにが淋しいの
私が　いつも　話を　しているでしょう
答えてくれないけれど
毎日窓辺に　頬枝て
心の悩み聞いて　かれ葉よ

風と　ともに落ちる　けあきの葉
淋しい　音たて　カサカサと
窓辺に頬枝　手を差しのべて
兄さん　思い出しあの頃を
けあきの下で　葉を集め
いっぱい　かごに詰め背負う日を

風と　ともに　落ちる　けあきの葉
誰かに　踏まれ　しくしく泣く
一枚　二枚　また落ちる
妹思いの　兄の声のように
あの頃　いっぱい集めフトンに　したね
明日は　落ちないで　淋しいの

厳しくも、優しくもある兄を思いながらも、私の体には思ってもいない病気が渦巻いていたのです。

（九）

六月の事、それは子宮筋腫という病名。まったく自分でも気が付かず、自分の体の痛さなんか、感じた事すらありませんでした。

手術を言われましたが、私の肩には、店の事、借金の事が重く伸しかかっているので、それしか頭には浮かんできません。これからが一番の書き入れ時、忙しい時七月と八月のの二ケ月間を逃したら、借金の方はどうするのとそればかり考えてしまい。お医者様に、何とか九月まで手術を待ってもらうように頼みましたが、家族や兄弟、従業員の人達が、「私達が力をあわせて、店をやるから大丈夫よ。だから安心して、早く治して」と励まされ、手術に踏みきりました。

私の甥っ子が、前々から一緒に手伝ってくれていたので、よく店の事は知っていました。本当に皆さんと力をあわせて、重大な責任を果たしてくれました。病院の先生も、早く手術をして良かったとの事です。

もし、「手術の日を遅らせたら、駄目だったかもしれない」と先生が摘出した子宮を見せながら、主人に言ったそうです。私は、生まれて初めて、自分の体をゆっくり休ませる事ができました。

これも、みなさんの優しい心遣いがあったから休めたのです。きっと神様も兄も心配して、休みを下さったのでしょう。十二日間で退院し、その日のうちから、もう仕事に。感謝の気持ちを打ち込み、まだ重たい物は駄目だと、先生に固く禁じられてはいたが、そんな事は言っていられません。私には皆さんの生活も背負っていると思えば、重いフライパンをバンバン振り続けましたが、やはり傷口は痛く、腰が抜けるようでした。痛さを我慢して頑張り通しました。

八月二十七日、またもや、私に突然の事故。でも、その日の朝、何か変な夢を見て、「大きな手を開けて、『大丈夫だ。大丈夫だ』と言っていたのよ。姿は見えないけれど」と時子さんにその話をすると、「いやな、夢だね。何事もなければいいけどね」。

閉店の後片付けをしていた時です。毎日、高い所に乗ってダクト掃除をしていた。その時、私は背が低いので、踏み台をしていたのが滑り、真下にある大きな揚物用のフライヤーに私の体が落ちてしまったのです。

落ちた瞬間、ジュー、ジューという音がしたのが自分でもわかり、左足は油の中に。熱いとは感じませんでした。フライヤーの下には火がついており、百八十度の温度。足をぬこうとしても、深いのでぬけません。身体中に油がかかり、もう死ぬかも知れないと思いました。

救急車が来るまで、従業員達がバケツに氷を入れた水をいっぱいに入れ、洋服を包丁ではぎ取り素っ裸にし、体に何杯も何杯も氷水をバケツでぶっかけましたが、見る見るうちに私の体に水脹れが全体に脹れ上がって、足などはズボンが皮にくっついて痛くて、もうたまりません。救急車が来ても体に何も身にもつけられません。恥ずかしいより、ここで私がへこたれたら大変だと、後の借金はどうするんだと、死んでたまるかと、ただただ気力で踏ん張るだけ。

病院の先生達も唖然とする驚き。死ななくて大丈夫だとひと安心。自分では大丈夫だと思いつつも、今度はますます痛みがひどくなり、最初の何十倍になって感じられる。

不思議にあれだけの熱い油の中にフライになったのに、思ったより軽い火傷で済み、足は大火傷でしたが、切断する事もないようで、助かりました。とにかく命にかかわる全身火傷には、先生も従業員達による氷水かけが大変良かったと言っておられました。入院しなければ駄目だと言われましたが、私にはまだ右足が十分使えからる大丈夫だからと振り切り、通院をしながら治療に励みました。皆さんに助けてもらいながら、痛さをこらえて、包帯ぐるぐる巻き、裸足で仕事をしました。火傷の痛さは何とも言えないほどの痛さです。今、私の命もきっと、あの時の夢、大きな二つの掌に助けられたのです。

神様の掌だったかも知れません。

いくつもの重荷を背負いながらも、皆さんに励まされ、春が来たかのように小さな芽生えが運んできたのです。

それはやっと待った長男の結婚。それは本当の私の夢のようでした。また夢と希望が高まり、幸せでいっぱいでした。長男夫妻は東京に住んでいたので、一緒には住んではいません。嬉しい事に、一年後に初孫も生まれました。

そうして、元気で頑張っているところ、平成六年二月主人の会社が不渡り約束手形を掴まされ、一大事になり、またかと思うと言葉も出ません。手形も少しぐらいの金額ではありません。主人は仕事先の会社に毎日通い続け、社長を探しましたが、とうとう、社長は見つかりません。すでに会社は破産の手続きをしており、計画的にはめられたようでした。親会社に尋ねれば、そのお金は会社に払っており、その仕事を引き受け、一生懸命した方が馬鹿なのです。もう死んでもいいから、やめてくれと溜息だけしか出ません。毎日毎日、死ぬ思いで駆けずり回り、それでも、駄目と知った時は、私の兄弟達、兄、義兄達の家が担保に入っているので、その心配ばかり、もう力も疲れ果てて、私には生きる力さえ、失いかけていました。

長い　苦しい　坂道登り
みんな　忘れて　飲みたい酒
誰か　私に酒よ
今日　酔わせてくれよ　心でつぶやく
夜空　見上げて　語りかけ

流れ　流れ　お月様　隠す雲よ
私も　雲に　なりたい酒よ
女　心の眠れぬ　涙こらえて

吐息　まじりに　涙流す顔
苦しい思いを　誰かにすがり
酔って　忘れ夢　酔いだくれ
いつくる幸　待ちながら　遠い日を

でも、ここで私が死を覚悟したら、増える借金は誰が返していくのか、誰にのしかかるのかと思うと震えが起こる。子供達にも必ずのしかかってくる。でも、到底、一生かかっても返せる金額ではない。

子供達にも家族がある。今まででも、いっぱい苦しい思いを胸にかかえさせ、育ってきたのだから、これ以上辛い思いをさせたくない。やっぱり、迷惑をかけないためには、石にしがみついても、私は生きなければ。

気持ちとしては体を二つに割って、もう一人の私を作る事に心を決めました。いよいよ、会社も弁護士に相談に行ったりしましたが、主人は埼玉の事件の事が頭にあり、自分では弁護士に会おうとしません。どの相談に行っても自分の後始末なのに行こうとしないのです。情けない、くやしさから、「貴男は馬鹿だよ」と大きい声で叫びたい。「きっと私が馬鹿なのよね。いくら何でも貴男これで四度目よ。そんなに、私を苦しむのを見て、何が楽しいの。よっぽど死んだ方が幸せかもね。でも、貴男の手では殺されたくないわ。淋しくコスモスの花に抱かれて死にたい」と初めて言い返しました。

冷静になった時、何であんな淋しい事を言い返したかのかと思うと、本当に自分が可哀相になり、私はコスモスが心の花でもあります。主人は、「ふざけんな。何言っているんだ」と叫んでいましたが、たしかに主人も苦しいとは思います。

その夜に、娘から電話があり、主人が娘に色々と怒られて、電話を切るなり、無言のまま、酒を飲み、泥酔するほど飲みました。「もう飲むの、よしたら」と一言いうと、突然テーブルや植木、家に飾っておいてある物を手当たり次第に振り落とし、家の中はガラスや色々な物で、足の踏む場所さえないくらいに引っくり返され、もう、どうしようもなりません。姉に電話をかけ、ただ「すぐ来て」の一言で、家族三人で駆けつけてくれて、もう三人とも、この状態を見て「アーア」の一声。何にも言う暇がありません。四人で主人を取り押えましたが、押えきれないほど暴れ、力も強い。もう目の色は変わり、口からは泡を吹き出して、主人の足もガラスなどで切っているので、血だらけになっていました。押え切れないので体を紐で柱に縛りつけ、救急車を呼び、それでも四人の力では無理でした。本当に悪魔のような姿です。身体中が震えるのを四人とも覚え、声を出す事さえできませんでした。救急車が来て、主人を出そうとしましたが、その時、主人も気が付き、何で俺が柱にくくられているのだと、泣きわめきました。救急の人に事情を説明したところ、主人が病院に行かないと言っているので、無理に運んで行くわけにはいかないと断られ、愕然としました。

主人も、やっと正気を取り戻しましたが、自分がした事はまったく覚えてないというのです。「僕は、こんな事してない」と目をキョロキョロ。この人、芝居しているのではとも思いました。

兄も姉も、「何でこんなにまでも、道子に苦労ばっかりかけるんだ」と心配しながら、涙を流す姿。姉達が帰ってから、足がガクガク震えて止まらない私は、部屋中の物を片付けながら、朝まで泣きました。主人は、何もなかった顔でグーグーの高いびき。本当に苦しく、情けなくなり、胸を掻きむしりたくなりました。

朝、起きてきても平気な顔で、謝ろうともしなかった主人の気持ちがくやしい。主人も会社の事で辛いのはわかりますが、私の事も少しは考えてほしい。

色々な事もありながら、もう会社の方が絶体絶命の日がやってきて、もうどうする事もできず、絶望です。破産宣告するか、借金を返済するか、二つに一つの選択肢しかありません。取るべき道はただ一つです。

破産の申し立てをするには、私も兄も二人とも保証人になっているので、全てに責任がかかります。それに、ここまで支えて来てくれたお店の従業員には、申し詫びる言葉もありません。私が自分を取り、もし破産でもすれば、お店も家も土地が、みんな消えてしまいます。何でこれまで育てて来たものを失うのか、どうしても許せない。

そこで、また一大決心をし、一か八か、銀行に何回も足を運び、借金する心当たりのある所もすべて駆けずり回り、破産申し立てを取りやめ、会社の借金は、司法書士の先生にお願いをして、一円も残さず全部返済いたしました。兄の家も、姉の家も、私の家も、お店もなくす事なく、百倍の荷物をまた背負い、今度は、私の借金です。何で、こんなにまでしてと、信じられないでしょう。

子供達も、兄弟達も、「転んでも転んでも、よく力が出るね」と言います。「転んでも、ただでは起きるな」といつも気持ちに言い聞かせていたので、これが私の運命よ。

いつかは幸せな日が来る事を願いながら、店を守り、寝ずに頑張りました。

幸せっていつ来るの　来る日も遠い
誰の目にも　見えない幸せ
私も　わからない　小さな幸せでもいい
遠くに咲いている　ひまわり見て
照りつける　太陽に負けないで
元気に　笑っている

幸せって　いつ来るの　本当に来るの
子供の頃に　山に登り　ゆりの花香り

つみながら　走った　あの頃が
今では　思い出の　一番　幸せの頃
飾る場所もない　胸の中

幸せって　余りにも遠い道　二つある
追いかけても　追いかけても　遠い道
行き止りの道　回り道を遠く
先の道は　見えないが　いつかは
見えて　見せるぞ　幸の道を

あふれる　涙も　いつかは花に
悩むことより　希望を先に
川の流れの石だって　何かを夢見て
太陽　照す光をあびて　生きている

麦踏みの人生

あふれる　涙も　いつかは真珠に
変えて　みせるぜ　根性を
耐えて　ばかりいては　先見えず
幸の花は　自分の手で
子を　思えば耐えられる

つまずく　辛さは誰にもある
踏まれても　踏まれても　麦のように
大地を　踏み進め　心の希望
弱根はけば　自分が負ける
くやしさ　力があれば　まだまだできる

（十）

いくつもの重荷を背負いながら、絶体絶命の日を過ごしました。

平成八年二月からは主人が重たい尻をやっと持ち上げ、水戸の方の会社に、会社員として働く事になり、ひと安心と思いつつ、三ケ月も過ぎ去ろうとした時、「俺にはやっぱりあんな仕事はできない」と簡単に辞めてしまいました。この人は、家族の事など考えてないのでしょうか。病気になって入院していてくれた方がまだましだとも思いました。

会社を辞め、今度は毎日毎日仕事を探し回っているかと思えば、突然、「話があるから聞いてくれ。頼む」。私も、まさかを考えながらも気持ちは不安でいっぱい。

「どうしたの」と優しく答えたが、またもや恐ろしい考え。

「俺、今度山田で居酒屋やるから。商売したいんだ。今度は迷惑をかけないでやるから、少し協力してくれ」

私は唖然となり、「冗談じゃないわよ、貴男はいいところばかりしか見てないから、実際の事がわからないのよ。そう簡単にできる事ではないよ」と説明しました。が、主人は言いだしたら絶対に人の意見など聞きません。

「貴男、何回私を殺したら気がすむの。いっその事、私を殺してから、商売するなら、はじめてよ」と泣いて頼みましたが、勝手に決めてきて、準備をしていたのです。

また、ここで私の保証人、いくつ体があっても間に合いません。はじめたからには、今度は、死ぬ覚悟で心の準備だってしてもらわなければと約束いたし、居酒屋をするには、地域だとか、どれだけの人が集まる場所だとか、調べもしなければなりません。到底主人はしないので、業者の人に頼んで調べてもらったりしましたが、余り良くない場所との事で、主人にわけを話したが、絶対に後を引こうとしません。我が身をよく振り返って考え直してと頼みもしたが駄目で、頑固で強情で聞きもしない、いつも、逃げ腰でいつも迷惑な姿勢。

「全々調べもしないで、居酒屋などやる事さえ間違いです」と論戦もいたしましたが、とうとう開店までしてしまいました。

店の中の什器などは、一式リースでローンを組み、みんな私が保証人です。なぜ保証人なんかになるんだと思いでしょうが、仕方がありません。いざとなると、何をするか、わからない人になってしまうので、埼玉の事件をすぐに思い出してしまうのです。二度と人を殺させたくないので、その事ばかりです。泣いたあの日の事を思えば、今の私の体なんかという感情です。

そして開店。主人は自分なりに頑張ってはいたが、そう簡単にはお客様だって来ません。毎日の売上が、三千円、五千円位で赤字どころか、電話代にも足りません。頭をかかえ、半分諦めかけてしまい、赤恥です。私も自分の店をやりながら色々と応援しましたが、店主がやる気力を失ったら、どんな良い材料を使ったとしても、心の味加減はできません。一人一人の気持ちを掴むまでは、いく年かがかかります。それでやっと信頼されてお客様は来てくれるのです。その気持ちも掴まえずに、もう駄目だ駄目だの気持ちだけ。情けなくなり、長い人生の道のりを背負ってきているのに、主人はどこまで行ったら私の重い背負を軽くしてくれるのかと思うと、黙って深い溜息。

溜息といっても、それは悔しさ、落胆からくる死の涙。涙も枯れ果てた涙です。

そして、とうとう二ケ月も経たないうちに居酒屋も閉店する事になり、通りの悪魔のようでした。それからといえば、今度、大工さんやら設備にかかった費用を私に押しつけて、逃腰、逃口、逃道、許せない限りです。でも保証人なので、私は逃げる道がありません。毎日のように、借金取りが来ては大きな声で脅かしたり、恐ろしくて体が震えブルブルでした。でも少しずつ支払い、何とか後始末でき、最後の支払いの時、借金取りの人が、「奥さん可哀相な人だな、こんな旦那のために、苦労ばっかりかけられて大変だけど、頑張ってやれや」と他人様だって私の苦労を心配しているのに、貴男はなぜか、どこまでも感謝してくれません。リース代やら、月賦が残っています。気持ちの晴れる日はまだ遠く、春の日は、いつ来る。つぶやく独り言。

骨砕け　腰筋傷める
痛みて眠れぬ冬の夜
重さ　こらえ臂ふる　フライパン
他人の言葉にも優しさ難しき心

枯葉よ　淋しいね
風にふかれて　御前はどこに行く

川の流れに　乗せられて
御前は身軽な体　うらめしい
私も　いつか身軽になって
追いついたら　また　会おう　枯葉よ

久しぶりに　息子の寝顔見て
過去の思いを　ひきずりながら
仕事の悩み　家族の悩み
上手に　ごますり　できぬ性格
悩んで　相談来たが
仲々言えず　眠る姿

久しぶりに　息子の寝顔見て
悩む心が　顔に書いてある
自分が　親になったら

麦踏みの人生

初めて親の気持ちが　よくわかるからと
言った言葉　今が　親になって
親の心を　子を思い　麦を思い
隠しきれない　親心

まだまだ青い　苦労なんて
一つや　二つの悩みで　弱音はくな
御前はまだ　大人になっていない
もっと　もっと　踏まれなければ
まだまだ親の気持ちなんか　解るまい
いくつに　なっても　子は子
いくつに　なっても　親は親

窓べの向こうに　コスモスが
淋しそうに　ゆらゆらと

雨に打たれ　一枚　二枚
冷えた　苦しい　苦い酒
あの人待つのは　遠き誰
私も　わからない　いつの日を

雲る　ガラスを　そっとふき
愛したい　愛されたい　この心
第四の人生　夢見て走る
遠く離れ　あの人は　今どこに
心の痛みを　背負って飲酒苦酒

二人の胸の苦しさ　知りながら
どこか　とどかぬ所　のべる手も
夜露　ふける　窓べの　コスモスよ
飲んで忘れて　飲んで酔わせて

飲んで弱音抱かれ呼び　コスモスよ

（十一）

そして、平成九年二月に入り、それから主人は仕事する気力もなくなり、でも、そんな事を言っている場合ではありません。少しでも借金を返済してもらわなければと説得いたしました。そこで、小さな会社に勤めに行っていましたが、やはりなかなかうまくいかない気持ちに焦り、とうとうパチンコに手を出していまいました。

同じ時間に会社に行き、同じ時間に帰って来ては、毎日会社に通っているふりして、暖かい御飯を食べていました。誰も知らないと思っていたのでしょう。

知らないのは主人だけ、お客様には知られ、バイトに来ている学生にもみんな早くから知られていたのです。皆さんは、私が夜も寝ずに働いて一生懸命仕事をする姿を見ているから、私には内緒にしておこうと従業員みんなが相談をし、隠していたそうです。本当に皆さんも、大変だったでしょう。

私も主人が何をやっているか、よくわかっていましたが、それを私がみんなに隠そうとしていましたので、同じような気持ちでお互いに気を遣いました。みんなの苦しい気持ちが痛いほどよくわかります。

数ケ月後、主人が店のお金まで手を出している姿を見られてしまったのです。

その姿を見た従業員は、「もう我慢もいいとこだ、いくら何でもお奥さんが可哀相だ」となり、今までの事を全部打ち明けてくれました。私一人でできる店ではない。皆さんが本当によく協力して働いてくれるから、このファミリーレストランの店があるのです。その名前を主人は汚し、みんなのお金に手を出す事は許されません。従業員の一人が代表して私に「御主人に色々と話をしたいが、奥さんいいですか」と話してきました。私も、「みんながあっての私、そして店だから、従業員の店でもあるのです。話す権利はあるのだから、皆さんの言いたい事を全部、話して下さい」と頼み、話しあった結果、もう絶対に心配かけないからと約束を誓い、頭を下げ、謝ったそうです。「お奥さん、今度大丈夫よ」とみんなに励まされ、心苦しい気持ちと、これまで私についいて来てくれたみんなの気持ちに本当に私は祈るほど有難うと言いたい。

主人のためにこうして、借金を返済して行けるのも、皆さんの力があったからです。私の体と命は、みんなのために一生働き続けます。

近道はできないから、回り道でもよいから、主人に頑張る道を教えましたが、一ケ月と持ちませんでした。約束を破っては、隠れてパチンコを何回も何回もしており、みんなの誓いを守れず、みんなも諦め、もうこんな重い病気は誰にも治せない。自分の気持ちと戦う病気。

もう　ここまで戦った病気
枯れた　貴男の心の病気
わかってもらえると思い　誓いの言葉
みんなの気持ち破りすて
平気で狂い　自分勝手さ
あきれ返り　戻れぬ道なく
貴男は　心淋しい　男の弱虫

誰にも治せぬ　気持ちの病気
自分が治せねば　誰が治せる

三十三年の道のりを　振り返る哀れ
早く気がつくのを待つだけ　祈る
一日遅れるは　もうその時は　遅い
自分を　ごまかし　人の気持ち忘れ
貴男は　それでも　心あるの　男でしょう

貴男には　何も言う　資格はない
苦労　かける姿見て　心が痛まないの
今度ばかりは　貴男の荷物背負いたくない
助けて下さい　神様祈るだけ

自分で治せば　治る病気
早く気がつき　治してね
遠い遠い道　遠い遠い離れ道
もう遅い　私の姿　一人の女として

遠い遠い　旅にでます
遠い道で　私　祈っています

(十二)

そして、平成九年の十二月。

主人の病気は誰にも治せず、働いた給料は全部パチンコにつぎこみ、借金の返済どころではありません。恥ずかしくて私の気持ちはいつも暗闇の中です。でも、笑顔を絶やさず、元気に明るく何でもこなしてきました。

いよいよ、待ちに待った娘の結婚が決まり、十二月八日に挙式をあげます。本当なら、嬉しい話なんですけれど、先に出るお金がありません。娘の結婚式は、私の一生の生き甲斐でもあり、そのためこうして頑張ってこられたのです。でも親として、子供に人生の門出なのに何にもしてやれない事が本当に情けなく辛かったです。

娘は以前から、今、家庭がどんなにか大変な事もよく知っていたので、自分なりに貯金をしていました。

「お母さん、結婚式の事は心配しないで。自分の事は自分でやると心に決めているから。お母さんは出て来てくれるだけでいいんだよ。お願いね。でも、お父さんには本当の事を言えば来てもらいたくない。バージンロードは、お兄ちゃんに一緒に連れてってもらうから」と今までの事を思い出し、涙まじりで話してくれました。

「でも、さくら。親は親だよ。どんなにか苦しい事ばかりだったけど、さくらには父親なんだからね」

「それはわかるけど、本当に憎い」と泣き、さぞや、今までにあった苦しい事ばかりを思い出したのでしょう。

私だって同じです。

主人も涙を流しながらも喜び、何にもしてあげる事ができないと、深く頭を下げましたが、かえって娘に元気付けられ、涙、涙。

従業員の方にも大変祝福され、自分の身内の事のように喜んで、私はみんなの喜んだ顔を見て、嬉し涙が湧いてきました。

そして、みんなに祝福され、私達は小さな家族だけの結婚式をあげさせていただき、親として、何一つやってあげられない胸の苦しさ、悔しさ。本当に辛かった。

主人も、父親として、娘にどれほど苦労をかけているか。何とかしっかりしなければば。気持ちを入れ替えて頑張るのかとその時は思っていましたが、やっぱり病気は治りません。本当に私も馬鹿な女です。

いつも一緒に肌身を　寄りそい
夢を　追いかけ　未来にかけて
幸を　呼ぶ鳥　愛して　愛されて
はばたく　花嫁姿　嬉し涙

言葉はないが　心　心
夜明まで　語りつくしても　語りきれない
あんな事　こんな事　あったっけ
笑いもあり　泣く事が大きかったね
母の姿は　背負わないで　幸せにね

私　きっと幸せに　なるからね

誓った娘の言葉　信じ　幸せ涙
風も喜び　コスモスに祝福され
ちょっぴり　飲む酒　甘い酒
何があっても　旦那様と一緒よ

風に揺すられ　桜散る
ピンクの　ジュウタン
足　踏み　可哀相
そーっと　右足　左足
差しては引いて　とまどう
私の心も　ピンクジュウタン染まりたい
いつになったら　染まるやら

風に　揺すられ　桜花
手の平に　そーっと一枚二枚唇で

優しく　可愛い　唇　ほんのりと
私の心も幸せ　桜と風にさられて
いつになったら　桜　花びらに

風に　ふかれて　空見上げては桜
空も　桜の花のお星様　キラキラ
今も落ちる　涙の桜ふぶき
甘い香りに　うっとりと　思い出す故郷
いつくる幸　桜に願い泣く

（十二）

こうして、私も長い長い間、重たい荷物を背負いながら、いよいよ追い詰められました。このままでは、いつになっても荷物を降ろす事もできません。主人ためにも、私の体のためにも大掃除をしなければ道が開けません。

そして、一大決心、私の命でもあるレストランを閉店する事を決断いたし、本当に泣いて泣いて、涙が枯れるまで泣きました。

主人は、家族が味わった今までの辛さも、私がそのために頑張って仕事をしている事も、全然わからないのです。私がそばにいると、いつになっても男になれません。主人には一人で辛い坂道を登って、汗をかいてもらい、よく考えてほしかったのです。心機一転。もう少し、大人の男になってほしいのです。転んでも今度は自分の事を自分の力で悪戦苦闘してほしいのです。

私も、何もかもがなくなるという本当に悲しい道を選ばなければなりません。

私は、みんなの協力と暖かさに励ませられながら、これまで人生を生きてこれたのです。従業員の方にも、バイトの方にも「奥さん、私達の給料は半分に減らしてもよいから、何とか続けてやっていこうよ」と嬉しい言葉もいただきました。本当にレストランを愛し、一生懸命守ってくれている熱意に、胸が張りさけるほどの思いを感じました。

でも、このままでは、主人がまたいつか迷惑をかけるかも知れません。そう思いつつも、店を閉める事は淋しかったです。皆さん、私とレストラン「ニューフレンド」を愛して一生懸命働いて下さって、本当に有難うございました。

平成十年一月末で、私の命のファミリーレストランも、みんなの手できれいに隅から隅まで磨きあげられ、一生懸命働いてくれた「ニューフレンド」に化粧をしてくれました。

みんなと別れの時となり、従業員の方が、「奥さん。きっとまたどこかで一緒に仕事ができるように頑張ろうよ。待っているからね」と言って、淋しくも優しく私の去る姿を見送ってくれました。本当に申し訳ありません。苦しい胸で、涙がとまらず、一人で大声出して泣きました。この気持ちをどこに置けばいいんだろう。自分で自分の胸を叩いても叩いても、苦しい音だけでした。

私には、運命をかけてやらなければならない仕事がまだまだ残っています。それは、主人の億の金額にまで及んだ借金です。みんな主人が私にくれた重たいプレゼント。

本当はこのままゆっくり体を休ませたいのです。天国に行き、ゆっくり眠りたい気持ちが本音です。でも、まだ神様は許して下さらない。余りにも重たい。女の体には悲しいほど重過ぎます。

私の一大決心は店を閉じる事だけではありません。いよいよ、真の一大決心を実行に移す時が来たのです。

自分の手で一生懸命に働いて手にした家も店も売る決断しました。

そうでもしないと、人に迷惑をかけてしまう事になってしまうのです。今までの返済によって億の借金も半分に減っていましたが、もし、この家も店もなかったら、本当に大変だったでしょう。

そして、家も店も失い、ここまでの人生、何のために生きて来たかと思うと自分が可哀相になりました。

今度こそは、神様も兄弟も子供達も他人様もみんな「自分のために生きて、幸せになってね」と励まされ、休みたかったのですが許されません。

家も店も売る事を主人に相談すると、「借金より、家を売ったらどうするんだ」と住まいの事を考えて大声でわめき、怒鳴っていました。本当は、「申し訳ない。俺のために苦労かけてすまない」の一言がほしかったのです。心では思っていたのでしょうか。口に出さず、頭も下げません。

私だって、苦しい汗水を流して建てた家を手離したくはありません。どんな事をしてでも、家だけは残したいと思っています。

子供達にも、兄弟達にも、「今度は別れて早く重い荷物を降ろして軽くなってね」と離婚を薦められ、二月十五日、子供達が帰って来て親子で話し合い、離婚を切り出しました。主人は、「ふざけんな」と話にもなりません。そのため、息子と取っ組み合いの喧嘩になり、「もう父親とも思わない。俺が責任を取る」と署名し、離婚届を出しました。

ここまで何とか助けて頑張って歩いて来たのにと思うと、悲しい別れ道です。

堅忍不抜《けんにんふばつ》。強く耐えていく事を願います。

一回や二回の失敗は許される事もあります。主人は考えられないほどの失敗をおかしてきましたが、何か一つでもよいから自分の手で決まりをつけてほしかったのです。

この世の中に、私達みたいな人生を送っている方もいるかも知れません。いつかは先の見えない道も開けて、お互いにもう一度見つめ直し、笑える日が来ることを一日も早く祈る気持ちです。

体の中が嵐のように
涙とともに　家去る淋しさ
苦しくとも　家族があったからこそ
もう二度と　帰りたくても
帰れない我が家
人生　いっぱいの　思い出の家

夜空の風にふかれながら
家の中見つめて　泣く私
苦労かけたねと　灯り見つめ
子供育った室　悲しい灯り

麦踏みの人生

思えば思うほど　人生背負った家
有難う　あふれる涙

待てども　待てども　男の気持ち
飲んで　飲まれて　身を出して
自分の心に火をつけて
あばれたいこに戦って
負けて　くやしい涙酒

待てども　待てども　遠い春
飲んで　飲まれて　男酒
俺の心は　運命が来たと
肩をふるわせ　俺の気持ちなんか
わかって　たまるか酒よ

待てども　待てども枯れる男
人生　男の命にかけても
いつかは　きっと俺も男に
酔って　コップ酒とにらめ合い
哀しい　哀しいすすり酒

嵐のように　この町に来て
みんなに　愛され　励まされ　助けられ
頑張って　川の流れのように
嵐の風に　ふかれながら　悲しい思いを
抱きかかえ　今度は　この町を去って行く

二人とも、第四の人生の一足をしっかり踏みながら、どこか遠くに離れていても、この町を忘れる事はないでしょう。

主人一人。私も一人。

主人が今度住むところまで引っ越しを手伝いました。娘と二人で、主人の荷を解き、食器棚にお皿を並べながら、

「今度は戻る場所がないんだから、頑張ってね」と別れの言葉。

私も一日遅れて、我が住む家を後にして、涙、涙で、みんなと別れ、見送られ、振り返るのを我慢して、遠く離れたところに行きました。

いつかは　きっと　神様も
夢見る　幸せを　授けて下さる日
遠い遠い夢を　胸に抱き
第四の人生　迷わずに
そよ風のように　静かに生きます

第四の人生に会う日まで、また、自ら生きる春の芽生のように超え、皆様に会える日を楽しみに待っています。

麦踏みの人生

初版１刷発行　2000年５月１日

著　者　青《あお》住《ずみ》綾《あや》子《こ》

発行者　瓜谷綱延

発行所　株式会社文芸社

〒112-0004　東京都文京区後楽2-23-12
電話　03-3814-1177（代表）
電話　03-3814-2455（営業）

振　替　00190-8-728265

印刷所　株式会社 エーヴィスシステムズ

ISBN4-8355-0197-7 C0095